POÉSIE POPULAIRE

———o◦◦✦◦◦o———

LA

VOIX DE LA PATRIE

PAR

A.-J. FONTAINE

———◦✦◦———

TARBES

IMPRIMERIE ET LITHOGRAPHIE LARRIEU

—

1873

LA VOIX DE LA PATRIE

Français, je vous en prie,
Calmez votre courroux,
Ecoutez la Patrie
Qui tombe à vos genoux
Vous disant : « Soyez frères,
« Français, je vous défends
« D'être cruels, sévères,
« Entre vous, mes enfants.

« Cette parole douce,
« S'exprimant par ma voix,
« Vous conduit et vous pousse
« Vers le bien à la fois
« Qui donne l'espérance
« D'un siècle de beaux jours,
« A votre belle France,
« Objet de vos amours.

« Chez un peuple, où tout brille,
« Une équitable loi
« Soumet toute famille
« A son chef, à son roi ;
« Puisque l'Etre suprême
« Le désire ainsi ; car
« Jésus, notre Dieu même,
« Se soumit à César.

« Une corde qui vibre
« Au fond de votre cœur
« Vous dit qu'un peuple libre
« Est fier de sa valeur ;
« Qu'au milieu de sa cage
« L'oiseau dans sa gaîté
« Gazouille du bocage
« Ses chants de liberté.

« Assez de tyrannie,
« Mes enfants, direz-vous,
« Les rois dans leur manie
« Ont exercé sur nous,
« Pour que nous puissions croire
« Que le meilleur d'entr'eux,
« Fût-il couvert de gloire,
« Puisse nous rendre heureux.

« Nous connaissons la fable
« De ces bons animaux
« Qui sautent sur le sable,
« Et plongent dans les eaux ;
« Ils eurent une envie
« D'un roi qui les traqua
« Pour leur prendre la vie,
« Ensuite, il les croqua.

« Vive la république !
« A bas les souverains !
« Leur sceptre tyrannique
« Est passé dans nos mains ;

« Nous voulons nous conduire,
« Voyager en tout sens,
« Sans être sous l'empire
« De ces hommes puissants. »

« Voilà ce que vous dites,
« Mes enfants bien-aimés,
« Quand vos âmes séduites
» Par des gens affamés,
« De tout ce qui peut nuire
« A des hommes de bien,
« Vous poussent à maudire
« Votre meilleur soutien.

« Un roi, c'est la sagesse
« Qui conduit vers l'honneur,
« Vous donnant la richesse,
« La gloire et le bonheur ;
« Et de plus, je m'explique
« Vous disant : Que les grands,
« Sous une république,
« Gardent leur or dedans.

« Ces gens ne font rien faire
« N'achètent rien non plus ;
« Ils ont le nécessaire,
« Vivant chez eux reclus ;
« Tandis que sous l'empire,
« Négociants, ouvriers,
« Ces gens, il faut le dire,
« Dépensaient leurs deniers.

« Respectez donc leurs titres,
« Leur faste, leur blason ;
« Ils casseront leurs vitres
« Pour répandre à foison
« De l'or par les fenêtres,
« Que vous ramasserez,
» Duquel vous serez maîtres
« Alors que vous crîrez :

« Braves gens que vous êtes
« De soutenir le roi,
« Dont les hommes honnêtes
« Aiment la douce loi.
« Ah! faites que nous autres
« Nous ayons le plaisir,
« Mêlant nos chants aux vôtres,
« De pouvoir le bénir.

« L'ère républicaine
« Dont l'aube vous sourit,
« Engendre cette haine
« Qui ronge votre esprit,
« Vous perd et vous domine
« Par de brillants discours,
« Menant à la ruine
« La France, vos amours.

« Sachez que la canaille
« Les fripons, les coquins,
« Et tous ces rien qui vaille
« Sont tous républicains,

« De même que leurs frères
« Les pillards et ceux-ci :
« Les vils incendiaires
« Qui le sont tous aussi.

« Tandis que tous ces hommes
« Qu'on respecte en tout lieu,
« Dans ce siècle où nous sommes :
« Ces gens bénis de Dieu
« Qui vivent en ménage,
« Unis jusqu'au trépas
« Ne songeant qu'à l'ouvrage;
« Ces gens ne le sont pas!

« Ni ces nobles natures
« Qui savent oublier
« Jusqu'aux graves injures
« Des gens dont le métier
« Est de porter atteinte
« Aux droits de la raison,
« Par des écrits où suinte
« Le fiel et le poison.

« Enfants, c'est votre Mère,
« La France au doux climat,
« Qui voudrait être fière
« De briller de l'éclat
« Qu'elle avait sous le sceptre
« Du dernier de ses rois,
« Qui fut bon, et sut être
« Le soutien de vos droits.

« Elle veut du génie
« Vous montrer le chemin
« Pour que la main bénie
« Du maître souverain
« Vous protége et vous donne
« L'union et la paix,
« Un roi dont la couronne
« Brille plus que jamais ! »

Mère, me direz-vous, une aurore nouvelle,
Sur votre front pâli, luit, rayonne, étincelle,
Annonce du soleil la divine beauté.
Parant de son éclat la fière Liberté,
Venant sur un char d'or plein d'attraits, magnifique,
Proclamer à vos yeux la noble république,
Qui, seule, peut tarir la source de vos pleurs
Pour vous faire marcher sur un chemin de fleurs ;
Aussi, nos cœurs brûlants tressaillent dans la joie,
Bénissent le Seigneur du ciel qui vous l'envoie,
Pour faire de vos fils de dignes citoyens
Qui seront fiers pour vous d'être républicains.

Eh bien ! mes chers enfants, une divine flamme
Qui brille dans les cieux, illumine mon âme,
M'annonce que d'un roi vous serez les sujets,
Où que jamais le ciel n'agrêra vos projets.

Vous ne savez donc pas qu'avec la république
Chacun veut commander selon sa politique ;
Que les représentants nommés par votre voix
Sont jaloux d'eux, et sont autant de petits rois,

Se disputant le pas, l'autorité suprême,
Foulant les uns vos droits, la religion même;
D'autres l'ordre, la paix, la raison, le bon sens,
Pour être quelques jours des hommes tout-puissants?

Qu'arrive-t-il alors? que les arts, l'industrie,
Le travail, le commerce et même la patrie
Souffrent de tout cela qui perd la nation,
Pour des gens orgueilleux, pétris d'ambition.

Enfants, j'ai pour vous tous une égale tendresse;
Je vous aime, et mon cœur serait plein d'allégresse
S'il vous voyait soumis à la divine loi
Qui veut que tout grand peuple obéisse à son roi.

Un roi, me direz-vous? « Assez de tyrannie,
« Nos aïeux ont souffert pour la gloire infinie,
« De ces hommes puissants, qui, semblables à nous,
« Faisaient mettre autrefois nos aïeux à genoux,
Comblaient d'honneurs, de biens, leurs amis, la noblesse:
« L'oiseau ne peut aimer le chasseur qui le blesse,
« Ni nous un ennemi quand nous le détestons.
« Nos reins ne sont plus faits pour les coups de bâtons.
« Assez, assez de rois, assez de ces vampires
« Qui prennent notre sang pour fonder leurs empires,
« Notre or et notre argent pour payer leurs plaisirs,
« Leurs caprices, leurs goûts et leurs moindres désirs;
« Donnent des bals aux ducs, aux princes, aux marqui-
« Aux comtes, aux barons, à ces personnes mises [ses,
« Sur un ton élégant, qui portent des bijoux.
« Que le roi donne, lui! mais, que nous payons, nous!

« Les rois, les empereurs, les princes, c'est tout comme.
Aux yeux de ces gens-là, un chien est plus qu'un homme;
« S'il en est un de bon sur trente de mauvais
« On le cite et l'on dit : « Il rendit ses sujets
« Riches, heureux, puissants, et fut pour eux un père,
« Un de ces nobles cœurs, qui font que tout prospère,
« Que tout brille et fleurit, et que l'or et l'argent
« Coulent à flots et font que tout homme est content.

Voilà me direz-vous, ceux qu'on cite et qu'on nomme
Pour captiver l'esprit et l'amour de tout homme
Qui ne voit le bonheur qu'avec la liberté,
De vivre à sa façon voulant l'égalité
De tous devant la loi ; comme cela doit être.
Au tribunal de Dieu, votre suprême maître,
Pouvant seul vous forcer à fléchir les genoux,
Et de plus avoir droit d'autorité sur vous.

Salomon, direz-vous, cité par sa sagesse
Eut pour le sexe tendre une grande faiblesse ;
Le jour que sur le trône il se vit tout-puissant,
Il en prit, nous dit-on, trois fois le chiffre cent ;
Et son père, David, d'une faiblesse égale,
Choisit sur ses vieux jours une jeune vestale
Belle comme l'aurore, au manteau de carmin,
Et ces globes de feu qui brillent le matin,
Quand le ciel azuré se montre sans nuages
A nos yeux éblouis par tous ces beaux ouvrages
Qui d'un maître divin révèlent la grandeur.
Telle fut la beauté qui dût par sa douceur
Calmer du roi David les maux de la vieillesse,
Sacrifiant pour lui les dons de la jeunesse.

Henri IV, qui fut le meilleur de nos rois,
Fut un peu libertin et faible toutefois,
Alors que dans Agen il ne sut pas mieux faire
Pour avoir un tendron auquel il ne put plaire
Que de s'approprier, par le droit du plus fort,
Cette fleur du pays, Anne de Cambefort,
Jeune nymphe aux yeux doux, fleur ravissante et belle,
Préférant mieux la mort que de voir auprès d'elle
Henri, son souverain, lequel croyait pouvoir
Profaner cette perle et faire son devoir.

Napoléon-le-Grand, sans faire une infamie
Fit un crime public, celui de bigamie,
Qu'on eut sévèrement réprimé, sauf erreur,
Pour tout autre qui n'eut pas eu rang d'empereur,
Comme l'avait, alors, cet enfant de la Corse,
Qui pour flatter ses goûts décréta le divorce,
Et put, par sa puissance, avoir le doux moyen
De savourer deux fois les douceurs de l'hymen.

Tels sont, me direz vous, les grands rois de ce monde,
Ils font courber vos fronts sur la terre et sur l'onde ;
Font pour se rendre gloire égorger vos enfants ;
Se gardent les honneurs lorsqu'ils sont triomphants,
Alors que Dieu bénit vos drapeaux et vos armes ;
Et ne comptent pour rien vos douleurs et vos larmes,
Le prix du sang versé pour leur ambition,
Ni tous les maux affreux faits à leur nation
Pour se venger souvent d'une petite injure
Qui ne fait que grandir le prince qui l'endure.

« Mère, ne parlez pas de ces vils oppresseurs ;
« Puisse Dieu les maudire avec leurs successeurs ;
« Puisse le sang versé par leurs mains criminelles
« Les plonger au milieu des flammes éternelles.

« Nous voulons ressembler à l'oiseau de nos bois,
« Qui se conduit lui-même et qui se fait ses lois
« Sans être astreint d'avoir des égards pour personne ;
« Ignorant ce que c'est qu'un sceptre, une couronne,
« Il voltige joyeux sur les gazons fleuris,
« N'ayant que le souci de ne pas être pris,
« Soit par l'aigle puissant qui le veille au passage,
« Ou bien par l'oiseleur qui veut le mettre en cage,
« Soit par l'adroit chasseur qui le guette partout.
« Pour lui, comme pour nous, être libre c'est tout ;
« Et si dans cette voie on hésite à nous suivre,
« Tous ceux qui n'oseront sont indignes de vivre.

Enfants, je vous dirai, calmez votre courroux ;
Les rois sont des mortels, des hommes comme vous,
Entourés de flatteurs, d'amis qui les dominent,
Les trompent bien souvent, les perdent, les ruinent
Aux yeux de leurs sujets, alors que leur amour
Déborde pour leur peuple, et qu'ils font nuit et jour
Des calculs où le bien reste dans leur mémoire,
Gravé pour le bonheur, la fortune et la gloire
De tous les gens de bien qui sont dans leurs Etats,
Plein d'horreur, de mépris pour ces noirs attentats
Qui sèment le désordre au sein de la famille,
Et font naître ce mal corrupteur, qui fourmille

Au milieu de la foule, et qui vous envahit,
Pour nuire à votre bien ainsi qu'à votre esprit.

Autre temps, autres mœurs, les rois ont dû s'instruire
Pour savoir désormais, eux-mêmes, se conduire
Prudemment de façon à faire un grand plaisir
Aux peuples qui pour chefs daigneront les choisir.

Enfants, écoutez-moi, puisque je vous suis chère ;
Que vos cœurs embrasés d'amour pour votre Mère
Battent à l'unisson, à qui pourra le mieux
Rendre son front pâli, candide, radieux,
Lui donnant les beaux jours que son âme désire
Pour que tout l'univers la respecte et l'admire.

Ce n'est qu'avec un roi qu'elle peut arriver
A vous voir tous unis, puissants et vous sauver,
Et je vous dis du fond de mon cœur débonnaire,
Que votre liberté n'est rien qu'imaginaire,
Que vous serez un jour comme les Mexicains
Qui se sont égorgés étant républicains ;
Semant le feu, l'effroi, la mort de ville en ville,
Commettant les forfaits que la guerre civile
Autorise ou du moins ne peut guère empêcher ;
Car les plus scélérats cherchent à se nicher
Dans les rangs du soldat pour courir au pillage,
Espérant s'enrichir au contact du carnage,
Effacer par le feu les traces de leur vol,
Du sang venant du meurtre et tapissant le sol.

Eh ! n'avez-vous pas vu déjà cette canaille
Pour brûler vos maisons grimper sur la muraille,
Tenant ou le pétrole ou la torche à la main ?
Ce qui s'est déjà vu, vous le verrez demain
Arriver devant vous, peut-être à votre porte,
Ces gens, qui passeront sous une bonne escorte,
Et sans pitié riant de vos pleurs, de vos cris,
Faire ce qu'ils ont fait maintes fois à Paris.

Enfants, voilà le mal ; qui s'y frotte s'y cogne ;
Sans un roi, vous aurez le sort de la Pologne ,
Ce que veut ardemment l'ingénieux Bismark
Qui voudrait la Hollande et puis le Danemark,
Plus la belle moitié de votre chère France,
S'il ne redoutait pas une triple alliance
Des Russes, des Anglais et des Autrichiens,
Qui pourraient bien s'unir pour lui casser les reins,
Si vous aviez pour chef un roi qui put leur plaire,
Au lieu d'avoir chez vous l'empire populaire,
Que ces peuples unis condamnent, n'aiment pas,
Attendu que ce mal menace leurs États.

Eh bien ! ouvrez les yeux, enfants, je vous en prie ;
Ecoutez votre Mère, écoutez la Patrie,
Fière encore, et pouvant réparer ses malheurs
Si vous compatissez aux cris de ses douleurs ;
Si vous n'écoutez pas qui vous pousse au tumulte
Pour renverser de Dieu les autels et le culte ;
Ce qui me fait souffrir me fait pleurer sur vous,
Voyant que je ne puis calmer votre courroux,

Adoucir votre haine, en mettant dans votre âme
Cet amour fraternel, cette divine flamme
Qui donne le bonheur à ces peuples bénis,
Guidés par la sagesse et qui vivent unis
Sous le sceptre d'un chef qui se fait une gloire
D'être un père pour eux, voulant qu'un jour l'histoire
Racontant sa vaillance et ses nobles projets,
Dise : « Qu'il fut béni de ses heureux sujets. »
Comme on le dit d'Henri, grand roi qui me fit telle
Que dans tout l'univers on cria : « Qu'elle est belle
« Cette France au ciel pur, aux brillants étendards,
« Au peuple fier, ami de la gloire et des arts,
« Vivant sur cette terre au sol riche et fertile,
« Qui produit le bon vin : chose agréable, utile,
« Faite pour ranimer le courage abattu
« Du soldat qui fléchit lorsqu'il a combattu
« Longtemps sous les drapeaux des enfants de Bellone,
» Et qu'épuisé, mourant sur le bronze qui tonne,
« Il sent qu'il a besoin de réchauffer son cœur
« Par ce jus enivrant s'il veut être vainqueur. »

Sous ce roi, mes enfants, j'étais heureuse et fière,
Voyant de ma grandeur l'Europe tout entière
Envieuse et jalouse au point que, maintes fois,
Elle dut me prier de juger de ses droits
Comme arbitre et souvent comme juge suprême.
Alors vous étiez tous monarchistes, et même
Vous chantiez tous joyeux de subir une loi
Qui vous rendait le peuple et les soutiens du roi.

Les rois sont des humains, direz vous, qui nous rongent,
Nous coûtent des millions, nous endettent, nous plon-
Dans les malheurs affreux, perdant la nation.   [gent

Eux! Jamais!... Accusez la révolution!

Si les rois coûtent cher, c'est qu'ils font des largesses
D'où découlent pour vous des fleuves de richesses,
Qui remplissent vos sacs et votre coffre-fort;
Donnent à l'industrie un bien plus grand rapport;
Augmentent la valeur de vos biens, de vos terres;
Abrégent les tourments de ces ruineuses guerres;
Réparent les malheurs faits par les ennemis,
La brèche des remparts et les forfaits commis
Sans que jamais un roi ne puisse être nuisible
A conclure une paix douce, si c'est possible;
A moins que le pays ne subisse un affront
Flétrissant pour jamais leur mémoire et leur front.

Tels sont les souverains; s'ils ont de la puissance,
C'est qu'ils doivent de tous avoir l'obéissance :
Un chef, de ses soldats, doit posséder le cœur,
Et les soumettre à tous s'il veut être vainqueur.

Un roi doit commander toujours avec sagesse,
Etre juste pour tous, gouverner sans faiblesse,
Traitant tous ses sujets comme de bons amis,
Pourvu que ces derniers soient sages et soumis;
Et c'est ce qu'ils feront, mes amis, j'en suis sûre,
Si vous vous soumettez sans plainte et sans murmure
Aux rois qui vous feront bénir dans l'univers,
Si vous chassez le mal de votre cœur pervers.

Dans mes champs embaumés, dans mes terres fertiles,
Puissé-je vous voir tous, unis, joyeux, dociles,
Magnanimes guerriers, issus du sang gaulois,
Respirant le bonheur de l'amour de vos rois ;
Puissé-je vous voir tous généreux et sans haine,
Nobles fils de Brennus, de Bayard, de Turenne
Levant les yeux au Ciel, prosternés à genoux,
Bénissant le Seigneur pour la France et pour vous
D'avoir pu vous soumettre à ce que je désire,
A ce que, par ma voix, mon cœur vient de vous dire
Inspiré par l'amour des nobles sentiments
Que dicte une belle âme à de pareils moments.

A mes sages conseils ne soyez pas rebelles ;
Soyez bons et soumis, et les fleurs immortelles
Des beaux jours d'Austerlitz, d'Iéna, de Tilsitt,
Couronneront ma tête et couvriront mon lit,
Me donnant le bonheur de vous voir tous encore
Orgueilleux des grandeurs que chaque peuple honore,
Déborder d'allégresse et chantant de plaisir
Des hymnes à celui qui guide mon désir ;
Et pour cela, voyons, enfants, que faut il faire ?
Ecouter les conseils que vous donne une mère.

J. FONTAINE.

Tarbes, le 12 novembre 1873.

Tarbes. — Imp. et lith. Larrieu.

www.ingramcontent.com/pod-product-compliance
Lightning Source LLC
Chambersburg PA
CBHW061449170626
46811CB00005B/2441